U0095601

任立红
李柏辉 编著

化学工业出版社
·北京·

图书在版编目（CIP）数据

手绘POP海报全攻略/任立红，李艳辉编著，—北京：
化学工业出版社，2011.9
ISBN 978-7-122-12178-3

Ⅰ．手…　Ⅱ．①任…　②李…　Ⅲ．广告－宣传画－设计
Ⅳ．J524.3

中国版本图书馆CIP数据核字（2011）第174788号

责任编辑：王清颢　　　　　　　　　　　装帧设计：尹琳琳
责任校对：宋　夏

出版发行：化学工业出版社（北京市东城区青年湖南街13号　邮政编码100011）
印　　装：北京方嘉彩色印刷有限责任公司
787mm×1092mm　1/16　印张8　2011年10月北京第1版第1次印刷

购书咨询：010-64518888（传真：010-64519686）　售后服务：010-64518899
网　　址：http://www.cip.com.cn
凡购买本书，如有缺损质量问题，本社销售中心负责调换。

定　　价：50.00元　　　　　　　　　　　　　版权所有　违者必究

序

POP广告之所以在华人世界里广为流行，就是因为中文字是世界上最优美的文字。POP字体不仅字形、字架优美，每个字都有十分耐人寻味的含意；而且麦克笔书写便利，入门的门槛低，也是POP流行的一大主因。

2009年，首届海峡两岸POP交流会举办之后，POP的推广上了一个新的台阶。在众多大师的全力推广与相互支持之下，POP文化已经在高校、药店、商超、中小学引起一阵阵学习风潮，让更多的人了解和认识了POP的趣味性与丰富性，为POP增加了许多生力军。大家一起开创POP的未来。

李艳辉老师的POP技法，尤其软笔字的功力，更是一枝独秀。这些年来，李老师也不断地在POP领域中努力推广，用心播种，可谓桃李满天下，对POP发展贡献非常大。尤其把POP这项技能发展到职业技教育当中，不但让职业教育体系学生能够学会一门真正实用的技能，同时也为POP发展做出了一定的贡献。

这本全方位POP新书的诞生，势必为POP做了一个最新最好的批注。李老师多年的POP教学及商业营销实战经验，可为POP新手提供一个很好的学习依据。POP多元的表现技巧与多功能的用途，在这本书中都做了很好的诠释，相信这本书可以带领POP新手轻松进入有趣的POP世界，也能为POP从业人员带来很好的创意与启发。

最后祝福李老师在POP推广领域中持续坚持，将最实用最有创意的POP呈现给大家，把POP精神发扬光大。

简仁吉（台湾POP推广中心创始人）

POP流行于美国、韩国、日本，后传入大陆，被广泛应用于商场、学校社团和生活领域。随着市场经济的发展，人们内心对亲和力和人情味的渴求也越来越强烈，POP的概念由最初的"point of purchase"（即卖点广告）的单纯含义，不断扩展出很多含义，其应用领域也越来越广泛，水派赋予POP的"play of painting"（玩出来的艺术）的观点也进一步演绎成play of paper（纸戏，在纸上做游戏），融趣味书画与广告策划为一体，并突出大众艺术的特色，大大深化了POP在现代社会存在的意义。

作者多年从事手绘POP教学，积累了很多实战经验，并尝试将POP的应用领域逐渐扩大，将POP设计职业化、生活化、艺术化，使POP在吃、穿、住、用、行各个行业中得到广泛应用。POP可以为商家解决视觉营销的问题，还在校园、生活、情感等领域应用，以其个性、可爱、亲和力强的形式呈现出POP的独特魅力。

同时本书内容还是POP职业教育课程设计的尝试与探索，正在申请吉林省教育厅2011年度职业教育研究项目课题。结合高等职业教育特点，比较直观地将理论知识以点评的方式深入浅出地融入教材，结合作品介绍POP工具的特殊性、POP字体的设计、POP版式设计、POP色彩搭配、POP特色技巧等内容，注重实践体验，以学生课堂作业和原创作品为基础，将POP职业教育课程设计与实践研究通过这本教材完整地呈现出来。POP教学是针对目前市场的需求设立的创新课程，POP教学在教育中的应用，势必会成为当今学生增加就业的砝码。

本书汇集大量成功、优秀作品和大家分享，希望对学习POP的爱好者能有所启发。同时在POP教学中，激发教师对学生进行深度挖掘、认真创作，从而使多元教育功能得以充分发挥，对开发学生的潜能也有重要意义。将POP理论与学生的培养进行系统的模块化，更广泛地传播POP在现实生活中的应用，体现了POP在生活、校园、商业领域的综合运用。这本书是作者多年教学成果的积累，不当之处在所难免，欢迎读者给予指出。

特别感谢王兴国、王雁苓、常宏、姚谦、李媛媛、杨扬等课题组成员对本课题的大力支持，特别感谢简仁吉（台湾）、黄可心、赵准胜、钱雅莉、南云飞、曲磊、张犇、吴迪、夏远昭、乔昱、刘伶、姚悦、刘林峰（台湾）等老师的无私帮助！特别鸣谢吉林电视台、吉盛伟邦、卓展、高丽王朝、天鹅湖宾馆、老昌食品等合作企业以及为本书出版做出贡献的好朋友，可爱的水分子即作者的学员们，谢谢你们！

任立红，李艳辉 （泡泡李）

目录

请大家从这一刻起
在你的大脑中
安装一个手绘POP设计系统
熟悉基础知识
熟练各种字体
开始尝试创作POP吧

材料准备

一、荧光笔

主要用于初学者练习基础字体时使用，亮丽的荧光色也适合平涂，但必须和重色相互搭配才能凸现出来色彩的亮丽，主要有红、橙、黄、蓝、绿、紫6种颜色，请大家一定要准备齐全哦！

二、水性马克笔

这种笔含有水性成分，它的颜色丰富，表现力也极强，是常用的一种笔材。笔头宽度较细，国内市场上能够买到的颜色约有100种，在笔的末端有编号，一般用来区分颜色。水性马克笔多为一次性使用，笔内墨水有中国、日本、韩国三个产地，其中日本墨水色泽匀称一些。

三、十二色油性马克笔

这种笔属于油性，而且随处都可以买到，分两头使用，一头为圆头，一头为方头，既方便又经济。常用这种笔来描绘标题字的轮廓，或填充大面积的颜色。

四、宽头马克笔

宽头马克笔使用起来极为方便，但它的挥发性较强，气味比较刺鼻，长时间使用会有醉酒的感觉，所以在选择用油性马克笔书写的时候尽量选择通风好的场所。按照笔头的宽度来划分，常用的规格有12mm、20mm、30mm，每种规格有12种颜色。这种油性马克笔配有相应颜色的补充液，可以反复使用。建议初学者每种规格买一只即可。

工具使用小贴士：
荧光笔和十二色油性马克笔价格便宜，练习时注意色彩搭配，交换使用，既练习了色彩对比，又延长了每只笔的平均使用寿命。水性马克笔和宽头马克笔价格昂贵，初学者可以不用购买齐全，购买常用色即可。

五、黑杆马克笔

双头黑杆马克笔有两个笔头，一端为斜头，另一端是圆头，常用这种马克笔斜头书写POP海报中的正文部分，用圆头绘制海报中的装饰图案或线框部分。上色特别均匀。

六、蜡笔

蜡笔是将颜料掺在蜡里制成的笔，可有数十种颜色。蜡笔没有渗透性，是靠附着力固定在画面上，不适宜用过于光滑的纸、板，在POP海报当中经常用它的排水性来制作特殊效果。

七、丙烯颜料

适合墙体画、设计文化衫、绘制个性板鞋，可用水稀释，利于清洗，速干，颜料在落笔后几分钟即可干燥，干后不再溶于水。画时注意先画浅色后画深色。

八、水粉

水粉是水粉颜料的简称，在我国有多种称呼如广告色、宣传色等。常作为初学者学习色彩画的入门画材，一般在手绘POP海报制作时与呢绒笔和毛笔配合使用。

九、中性笔

书写介质的黏度介于水性和油性之间的圆珠笔称为中性笔，书写手感舒适，油墨黏度较低，经常常用于线稿勾边，也可以在日记本上用这种笔书写手绘POP日记和画精细漫画线稿。

工具使用小贴士：
黑杆马克笔在购买时皮肤同类色可多购买几只。蜡笔、丙烯颜料、水粉买18色盒装即可，中性笔买0.2mm、0.5mm、0.8mm笔芯各一支即可。

十、彩色铅笔

彩铅是一种非常容易掌握的涂色工具，画出来效果较淡，彩色铅笔也分为两种，一种是水溶性彩色铅笔（可溶于水），另一种是普通彩色铅笔（不能溶于水）。一般市面上买的大部分都是普通彩色铅笔。水溶性彩色铅笔蘸水之后就会变成像水彩一样，颜色非常鲜艳亮丽，而且色彩很柔和。

十一、彩胶纸

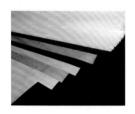

彩胶纸就是通常所说的POP纸，是有色的双胶纸经过超级压光做成的高档纸张，POP广告多用到彩胶纸。颜色和规格可以随客户需求而定，颜色有几十种，初学者准备红、橙、黄、蓝、绿、紫、奶白即可。

十二、漫画钢笔

这种笔是借助笔头倾斜度制造粗细线条效果的特制钢笔，被广泛应用于漫画领域，是POP插画常用的工具。漫画钢笔它可以像一般钢笔一样书写汉字、数字和字母。把笔尖立起来用，就可以画出细密的线条；把笔尖卧下来用，就可以画出宽厚的线条。

十三、辅助工具

一张完整的POP海报还需要用到一些辅助工具，如修正液（可当白色笔使用）、剪刀、美工刀、填充液、透明胶、毛笔、墨汁、双面胶、喷胶等。

工具使用小贴士：
彩色铅笔用24色即可。漫画钢笔条件好的可以买进口的。有一定基础的除了用彩胶纸还可以准备一些像布纹纸、皮纹纸、陶纹纸、硫酸纸、珠光纸、云彩纸、粉彩纸等各种材质的纸，也可以准备一点波音软片比较方便。墨汁建议买一得阁的，比较好用。学习到一定阶段也可以准备一把花剪，可以剪出各种花型边。

基本方法

一、POP字体书写基本方法

POP字体的书写方法，一般要根据POP字体书写工具使用特点进行变化。

（1）硬笔

常用油性马克笔、水性马克笔和荧光笔等，其共同特点是均有一个斩刀型笔尖。斩刀型笔尖可以写出：粗细一致的笔画(图1)，书写过程中，保持斩刀笔尖切面与运笔方向垂直，笔尖适当旋转，匀速走笔(图2)。

图1

图2

横细竖粗或横粗竖细的笔画加图，书写过程中，不用旋转笔尖，自然顺势，注意对比即可(图3)。

图3

粗细变化多端的笔画，不断改变笔尖朝向，适当旋转笔杆，顿挫有力、可以写出软笔风格的笔画(图4)。

图4

图5

图6

圆头油性马克笔和勾线笔可以写出单线条的笔画：可写小字内容(图5)。也可以画双线条的笔画：可写大字内容。比如空心字，如图，这种字实质是用双线条勾勒出字体笔画，但讲究叠压和趣味图形创意(图6)。

粗的油性马克笔，通常有30mm、20mm、12mm、6mm宽度的直角形笔尖，由于30mm、20mm比较粗，在书写时，握笔时呈手握手榴弹状，笔头朝下，这样可以很灵巧的书写或旋转（图7）。其余方法可根据所表现笔画的形状来定，基本和前面笔型中斩刀型笔尖方法一致。

（2）软笔

POP软笔字笔画有一些粗细变化幅度很小，适合写小字，而有一些变化幅度相当大，适合写标题字。(图8)使用的工具有圆头的传统毛笔、水彩笔和扁头的水粉笔、板刷、扇形笔、油画笔等。

图9

圆头的软笔，如果笔杆始终保持与纸面垂直且匀速运动，则所写出的字形变化不大，如果笔杆一旦发生倾斜，且倾斜的角度不断变化，速度时快时慢，即侧锋用笔，则可以写出非常夸张的笔画和字形。

扁头的软笔，书写时，握笔方向和书写速度同样可以影响字体的造型。如果像前面斩刀型笔尖握笔姿势，则可以替代斩刀型笔尖所写出来的笔画字形（图9）。

一旦运用到软笔则要充分发挥笔尖的柔韧性特点，配合所蘸颜料的浓淡，打破传统书法的书写惯例，融进作者的理解，适当留有飞白，追寻一种笔飞墨舞的现代书法感觉，往往可以使作品更加富有感染力（图10）。

（3）其他笔型

由于手绘POP的特点，凡是可以留下印记的东西均可作为POP字体书写工具。请大家看一下用鼠标在PS中也可以写出很炫的POP字体（图11）。

无论哪种笔型变化，书写POP字体时都要注意以下几个问题。

图10

图11

　　笔画衔接：粗细一致的笔画之间连接处要完全衔接住，不可出现缝隙或交叉口(图12)。

　　笔画分配：把字里面的某一个空间夸张成较大的空白，产生强烈的松紧对比。笔画之间要见缝插针，尽量形成更加紧凑的空间布局(图13)。

　　笔画形状：区别传统美术字的中规中矩，可谓变化多端。遇到封闭的或半封闭的空间，要进行夸张或变形(图14)。甚至添加一些图形，师法自然，体现POP字体的趣味性。

　　字体外形：打破中国汉字的传统方块字外形特点，比如说梯形，圆形、多边形等(图15)。

　　重心偏移：　POP字通常是词组或句子形式出现，单字重心要偏移，依靠的是词组或句子的整体视觉心理的平衡调节。

（4）词组或句子书写的方法

　　词组或句子的书写，通常和笔型无关，只是在书写时要求整体在达到一种力量的视觉平衡后在风格统一中有变化就行。

　　节奏控制：在书写时字体要有大小、位置、方向的变化，单个字就像在跳舞，整个句子就会产生水流的节奏韵律感(图16)。

　　虚实避让：如果把词组或句子看成实，字与字之间、行与行之间的空白则是虚，而相邻字的笔画之间、相邻的行与行之间要做到虚实避让，见缝插针。

　　呼应照顾：在书写POP字体时，字里行间的笔画变化元素、空白布局、位置、大小、方向均要有呼应。

　　知白守黑：在设计字体时，不要眼睛直盯着笔画实体——俗称黑，而是要看字里行间的空白，如何让所留下的白更加烘托我们的笔画，或如何让所留下的白成为感动人心的焦点，这是每个书写POP字体的人首要考虑的问题，也是一个人POP字体设计精彩与否的关键。

　　书写POP字体实际上就是在意识别的前提下打破常规的一个过程，如何让POP字体能更加吸引人的眼球或更能表露自己的心声，没有一个走不寻常路的思维是无法实现的。

图12

图13

图14

图15

图16

二、POP插画的基本方法

POP的插画表现方法主要有摄影插画、手绘插画(包括写实的、抽象的、漫画卡通式的、图解式的等)和立体插画三大类。摄影插画是最常用的一种插画，因为一般消费者认为照片是真实可靠的，它能客观地表现产品。作为POP广告的摄影插画要尽量选用表达商品的特征、扩大产品的真实感、达到广告创意要求的图片。重点解决是现成的摄影作品与海报融合的问题，可以选用裱贴法、手撕法、PS合成法等。

POP的插画类型很多，主要表现的形象有产品或事物本身，可以采用拟人的表现手法，也可是产品的某部分，运用借代的表现手法。手绘插画多少带有作者主观意识，它具有自由表现的个性，无论是幻想的，夸张的，幽默的，时尚的还是可爱的，都能自由表现。手绘插画中，漫画卡通形式最常见。根据要传达事物的主要特征或主题思想，归纳和提炼出的点、线、面，运用夸张或变形的手法组合在一起，除表现出漫画卡通特有的幽默性外，更要强调POP插画趣味性的特点，使人在轻松之中接受广告信息，在愉悦环境之中感受新概念，并且印象深刻。

（1）平涂法

平涂法是在运笔上色时色彩均匀，无变化的涂满画面，由简洁规律的形与适当的对比而达到有力的表现。可用来平涂着色的颜料有脱胶的水粉颜料，油性马克笔，水性马克笔等，可以沿着水平方向、垂直方向、倾斜方向、延边方向等平涂(图17)。

图17

（2）裱贴法

裱贴法在手绘POP的运用上十分普遍而且相当实用，表现出来的视觉效果也非常好，利用报刊中各种不同的图片，分别选择、裁剪手撕合成的表现手法，粘贴在一张海报版面内，利用剪贴、手撕的边缘自然的肌理，往往可以创造出许多富有奇异性、幽默型或超现实的画面来。也可以直接使用彩胶纸、铜版纸、波音软片、不干胶等材料直接贴在纸上(图18)。

图18

（3）喷刷法

把加水调匀的颜料用笔蘸到金属丝网上，再用牙刷把颜料刷下去以后；色料便如雾状地洒在画纸上。喷画即为此种技巧的机械化，目前已趋于普遍的运用的是多种颜色的自喷漆。若是我们同时制作一些模板，使用刷子或画笔等修剪过的自制工具从事创作时，可以得到不同的效果，比起机械的喷笔，对于手绘POP的制作来的实用、简便，在画面的表现上，亦更富变化而活泼动人。这是一种利用喷泵的空气输送，将颜料透过喷笔来作画的技法。它的特点在于没有一般绘画所造成的笔触，且画面过渡自然，应用价值很高(图19)。

图19

随着科技的发展，手绘板大大方便了POP爱好者，压感笔与PS等设计软件的综合运用为手绘POP提供了极大的方便(图20)。

图20

三、手绘POP海报版式设计的基本方法

（1）设定版式，打小草稿［图21（a）］

  根据环境和内容需要来确定横版、竖版或是海报的外轮廓形状，然后打小草稿，确定画面各组成部分的位置和大小比例，整个编排可以采用水平、垂直、倾斜、曲线、折线、十字、环形、扇面、三角形、远近法、S形等多种形式表现。

（2）创作主标题［图21（b）］

  主标题是POP设计的眼，除了位置要放在画面黄金分割点上外，主标题字数不要太多，抓住人们一瞥的关键三秒。字体一定要醒目、清晰、容易阅读。主标题文案有趣才能令人印象深刻，直白才能一目了然。

（3）插图［图21（c）］

  用图说话会更吸引人，解决了单纯用文字表达的POP的单调问题，用插图是调节画面情趣的好办法，一般以可爱或个性的形式会更有吸引力。在用插图时尽量和版式融为一体。

（4）书写说明文字［图21（d）］

  说明文字是手绘POP中充分说明内容的文案，书写时要注意：

简明扼要，做到断句合理；

最具魅力的信息应写在前面，并用色彩和字体突出，诱使读者往下阅读；

书写行数尽量在5行之内，每行不要超过15字，行距要紧凑。

（5）点缀副标题，装饰及块面分割（图22）

  如果主标题无法充分说明内容，或为了使内容更能吸引观众。副标题的补充说明是必要的，所以副标题具有画龙点睛的作用。装饰框是线分割的一种手段、图案底纹是较常用的方法。在分割画面的时候尽量形成黑白灰的层次，而且主次分明，在符合人们的视觉流程的前提下，使人阅读起来一目了然。其中标题字的修饰很重要，请记住：大字多修饰，小字修饰会妨碍阅读。版式与整个版面色彩搭配协调。

  构图要注意以下几个问题：均衡不能过度对称；色调、形状不能等份重复；几个物体不要排在一条直线上；画面不要上下、对角线等分；多个对象的外形边缘不要重复在一条直线上；不能紧缩不展；不能散乱无联系等。落笔时要注意四边留有两指左右空间。

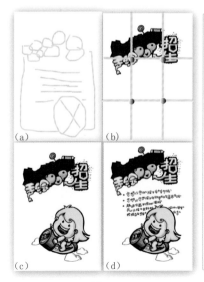

图21

图22

四、POP文案创作基本方法

第一步：在大脑系统中安装资料库。收集与产品有关的资料，再与客户沟通进行广告创意，提取文案力求简洁。

第二步：以发散性思维去审查原料，专注地思考问题，寻求突破点。自觉或下意识地将产品信息与市场状况相关联，寻找那些原材料之间的关系，将每一份资料相互组合，找出创意点，注意体现的观念要明确。

第三步：找到闪光的东西。对文案的正确性、可行性，进行精确的分析，考量其是否符合广告创意的需要。要避免虚假的大话、避免空洞的套话，紧扣创意，最巧妙地将创意融入标题，准确地直指核心。

第四步：资料变作料。大脑中找到了好的创意，必须使它能够成为最终作品。注意使用个性化的语言，能有助于体现产品的特性。被消费群体记住。

下面结合一幅"通缉"主题POP海报的文案创意阐述如下。

案例背景：为手机卖场诺基亚专柜最新推出的一款手机做销售型POP海报，商家要求海报设计要有个性且新颖。首先收集这款手机相关资料:手机名称为诺基亚7610S，功能有双LED闪光灯、320万像素的相机，另外15mm 超薄镜面外壳也是亮点。其次寻找突破点。商场里常见的POP海报如何能一下抓住进店消费者的心，这是难点？！从拨"通"手"机"到"通缉"运用了相关的联想，找到突破口。再次深度挖掘创意。表面上通缉与"卖手机"并没有联系，但仔细挖掘发现"通缉"内容和手机宣传点相对应，在茫茫手机卖场寻找到一款手机和在茫茫人海中寻找通缉犯一样令人激动万分，这就是创意之源。最后提取文案。笔者以拟人的手法、采用"通缉"令的形式吊起了消费者的好奇心，出乎人意料又在情理之中。为了体现这样一个创意，除主标题运用惊悚装饰的"通缉"字眼外，内文也用"罪行、线索、绰号"等紧张敏感字眼来渲染气氛和紧扣主题，这些都成为整幅海报的作料，产品的特性让消费者过目不忘（图23）。

"兵器不分高下，威力全在心法"。POP广告文案应该视消费者在购买不同产品时的理性和感性投入程度而

图23

图24

图25

图26

定。理性诉求可以以多种方式传达具体信息、进行观念说服，去购买需要的物品；"冬鞋吸毒"利用经典武侠的绰号谐音来说明本款棉鞋的主要功能是"吸收脚臭味"，让人在幽默中了解产品特性，回味无穷（图24）；"喜欢就来"主题海报，紧紧抓住80后和90后学生个性心理，配合"水派手绘POP画室等你来"又给这幅招生海报点明了主旨（图25）。

感性诉求则可以充分挖掘与消费行为相关的多种情感与情绪，使之与品牌之间建立情感联系，对企业、产品或服务产生情感化的偏爱，去购买想要的物品。爱与关怀是人类的感情基础，最能引起人们的共鸣。感恩节POP海报中"感谢父母、在成长中关爱我；感谢朋友，在黑暗中陪伴我；感谢老师、在迷茫中指引我；感谢命运，让我遇见你们，在这样一个温馨的日子，你想感谢谁呢？"，商家在销售过程中大打感情牌，让消费者观后怎能不在心中产生一丝涟漪，冲动地为想要感谢的人来挑选礼物，之后心怀感恩地掉进商家的"圈套"（图26）。

POP中快乐、幸福、满足、温馨等容易感染人的情绪的文案，主要依靠爱情、亲情、乡情与怀旧、友情来营造。主题为"爱你"的情人节海报在2011年的情人节抒发了作者的爱情观：LOVE原来可以这样做，生活的好朋友，心灵的好知己，事业的好伙伴，说出了创作者的心声（图27）。生活中蕴涵着丰富的情趣，享受悠闲、品味幽默、满足好奇心等等，它们虽然不是情感，但是可以唤起积极的心理感受，如轻松、自得、惬意等，很容易感染诉求对象。以个性化内容和个性化风格，充分展示诉求对象鲜明的自我观念与期许。这在生活类和校园类非商业领域的POP海报中是最常用的手法："痛并快乐着"公益海报说出了"吸烟者"内心的感受：你快乐而潇洒地活着，在自己制造的灰烬中，早已习惯燃烧多余的手指，你毒害周遭的生灵，很怕痛却无法自拔（图28）。

图27　　　　　　　　图28　　　　　　　　图29

　　"享受"主题海报道出了作者对自己爱情的最强烈感受，内文文案用"接受"、"忍受""承受""难受""感受"到最终的"享受"的过程描述，紧扣读者心弦，作者心路历程的幸福感油然而生（图29）。

　　"凤毛麟角"主题海报是"刘琳"的简历，取名字最后一个"琳"字，运用谐音形式自信而又委婉地说出自己是难得的人才，内文也突破传统简历的中规中矩，采用"国家人才质量性能检测报告"表单来进一步增加创意的砝码，"合格"二字不温不火地向用人单位展示出作者"谦虚"的好品质（图30）。

　　儿童节海报中"我的6.1我做主"标题文案，表现出今天对小朋友的特殊意义——平时做惯了听话的乖宝宝，今天终于可以自己做主，这种心愿让大人听起来都会不知不觉地产生认同感（图31）。

　　老公恋记主题POP海报用日记体的创作形式描述了一对新人从相识到相爱的过程，时光变换迎来了称呼的转变，记录了幸福瞬间（图32）！

图30　　　　　　　　图31　　　　　　　　图32

色彩搭配

POP色彩搭配是海报设计中很有魅力的一部分，好的设计可以以色取人，令人眼前一亮。手绘POP海报色彩搭配要学会向季节取色，向产品取色，结合企业标准色搭配颜色，根据实际商品的摆放和具体的环境来调节色彩。在POP广告设计中是非常重要的视觉要素之一，往往起到先声夺人的作用。在其他领域的POP中也是同样如此，恰当地搭配色彩对说明、强化、提升主题会事半功倍。系统地掌握色彩知识，在做POP时更加灵活地处理画面。但如何搭配颜色，从哪些角度去考虑或者寻找思路，这是困扰我们的常见问题。下面将从色彩的基础知识入手，来探讨和总结配色方法。

一、什么是色彩？色彩是从哪里来的？

日本的小林秀雄说：色彩就是破碎了的光。在一个漆黑的屋子里，我们是无论如何也看不到色彩的。而在电影院里，一束光就带来了千变万化的彩色图像。生活中，我们常称"青草地、湖蓝、玫瑰红、沙土黄"等等，因而产生了一个习惯的概念，色彩是物体固有的。但实质是我们肉眼看到的色彩其实是来自于光，不同波长的光照到物体上，物体吸收后又反射到我们的视网膜上，通过视觉中枢产生不同的色彩感觉。而我们在设计POP时运用的色彩主要是来源于各色特种纸和各种彩色笔的搭配运用。

二、色彩的三要素

视觉所感知的每一种色彩（有彩色系）都具有色相、明度和纯度三种属性，又称之为色彩的三要素。在调制或搭配颜色时，总要在这三种要素上侧重选择。

色相即色彩的相貌，也是通常人们说的色彩名称。色彩的区分主要靠色相来区分。在设计中，往往是色相控制画面的色调，比如说，海报是绿色调的，绿色就是海报所呈现的主要色相（图33）。

明度是指色彩的明暗程度。就明度高低而言，白色明度最高，黑色明度最低。在色相环上，不同的色彩之间也存在明度变化，其中黄色明度最高，紫色明度最低。明度是塑造立体物体和丰富画面空间感的依据。明度的变化会营造出手绘POP海报中画面层次的变化，也会为装饰和插画带来立体感。

纯度，也称"彩度"，是指色彩的纯净程度。光谱中的这种单色光极限纯度，是最纯的颜色。通常买的颜料也都接近纯色，但当在一种颜色中加入黑、白、灰或其他色彩时，纯度会降低。纯净的色彩看起来比较刺激，视觉冲击力较强，但是与其他色彩也比较难以搭配，画面往往会出现躁的现象，很难控制。所以，我们在进行设计时，有时需要降低色彩的纯度，使画面中的色彩协调统一。用纯色多表现主题或画面的重要部分以显得很突出、很抢眼，用时要注意搭配不纯的同类色、互补色和对比色，在使用笔的时候也可以将油性笔、水性笔、荧光笔变换使用。

图33

三、配色方法探讨

世界上没有难看的色彩，只有不合适的搭配。在搭配时要考虑的因素不仅要有主题环境的思考，同时对色彩本身的认识也是必要的。

前面提到的有彩色有色相、纯度、明度的变化，当搭配变化时，这三要素也应随之变化，除此基本变化外，色彩之间的搭配也是有规律可循的。下面可以从以下角度来着手考虑搭配方法。

（1）色相环的启发

在POP海报设计中，可以把色相环上几种角度的色彩进行搭配，大致可以得出近似色、同类色、互补色三种配色方法。

近似色即在色相环中15°的颜色，它们是同种颜色，只是深浅明暗不同。这种搭配适合表现比较静谧、雅致的海报（图34）。

同类色即在色相环中45°的颜色，它们是原色和相应的间色之间的搭配，会产生柔和的感觉（图35）。

图34

图35

互补色即在色相环中180°角的颜色，它们互相搭配会产生跳跃、动感的效果。例如少儿POP招生主题的海报，要突出主题的修饰均可采用补色对比搭配（图35）。

（2）从注意色彩的生理和心理出发

不同的颜色让人产生不同的联想，外部色彩刺激人的眼球，在人们生理和心理也会激起对不同色彩的感受，进而影响到心理活动。

红色，具象联想到灯笼、国旗、口红、血液等。抽象联想到喜庆、血腥、刺激、暴力等。会让人在心理上能让人产生疲劳、亢奋，促进血液循环。在中国红色常表示吉祥公正、活泼；适用于节庆、饮食、通告等POP海报领域。

橙色，具象联想到橘子、金属、柿子、秋叶等。抽象联想到华丽高贵、热闹、喜悦、活泼、甜蜜等。最能引起食欲的颜色。适用于饮食、茶楼、皮革饰品、文具等POP海报领域。

蓝色，具象联想有蓝天、海洋、牛仔裤。抽象联想到永恒、理性、梦想、自由、冷静等。适用海报领域是服饰、冷饮店、科技电器等。

紫色，具象联想到丁香花、葡萄、茄子、紫罗兰等。抽象联想到浪漫、高贵、神秘等。适用海报领域是咖啡厅、舞厅、女士化妆品、俱乐部等。

黑色，具象联想到黑夜、头发、墨汁、黑板等。抽象联想到恐怖、庄重、悲哀、死亡、孤独等。适用海报领域是个性专卖店、服饰等。

黄色，具象会让人联想到阳光、香蕉、奶油、月亮、黄金等。抽象联想到明亮、活力、积极、色情，刺激、快乐等。在我国古代黄色是帝王色彩。适用海报领域为食品、服装、书店。

绿色，具象联想到青草地、西瓜皮、蔬菜、果园等。抽象联想到和平、希望、青春、成长、新鲜等。适用海报领域为校园、旅行、超市、水果店、鲜花礼品店等。

白色，具象联想到护士、雪花、云彩、白鸽等。抽象联想到纯洁、神圣。适用海报领域很广，现在超市商场等商业领域都是采用铜版纸统一印刷企业LOGO留出空白直接做白底海报。黑色在和其他种颜色搭配时，都会增强其他色彩的色感和光感。白色，与其他任何颜色搭配都会还原其本色。灰色与任何颜色搭配，都会使另一种颜色的色相降低。黑色和白色属于无彩色，也均属于万能色彩，可以和任何色彩相搭配。

当画面只有黑白灰时，例如古代的版画、国画中的白描、碑刻等等，有时可以是非常大气、简约、时尚、清新、古朴的。但也往往会造成单调、简单的效果。为了增加画面的空间感或层次感，一般加入一些灰色，形成自然的过渡。在应用时常会在背景为深色海报中用白色勾主标题的边，在背景为浅色的海报中用黑色勾主标题的边，让主题更加突出，引人注意。但需注意，当无彩色与有彩色相互搭配时，不能用白色勾黄颜色字的边，因为白色是无彩色系中最亮的，黄色是有彩色系中最亮的，在一起相互冲突；不能用黑色勾紫色字的边，黑色是无彩色系中最暗的，紫色是有彩色系中最暗的。同理反过来用黄色勾白色字边和用紫色勾黑色字的边也是不可取的。

以上是对常用色彩的逐个分析，根据色彩的特点合理运用会取到事半功倍的效果。

（3）色彩也会产生"通感"的效应，会让人产生以下几个方面直观感受

冷暖感觉：红橙黄等色彩通常会让人联想到阳光般的温暖，属于暖色；蓝、白、青等色彩会让人想到海洋、白雪般的冷清，属于冷色。在具体应用中暖色多用于情感类、春夏季海报，冷色则用于科技类、冬季海报。

进退感觉：通常情况下暖色有膨胀感，让人感觉迫近；冷色有收缩感，让人感觉退后。当然在灰色背景下，白比黑更靠前，在白色背景下，黑比白更靠前；在白色背景下，红比蓝更靠前。所以主标题用前进色，更鲜明，更抢眼，背景色为后退色。利用好冷暖对比，自然会创造出画面空间感。

轻重感觉：明亮的颜色感觉轻些；暗色重些。在做海报时应该注意画面上的色彩面积对比，最终我们要达到视觉的均衡感。

华丽和朴素的感觉：偏暖的、明亮的、纯度高的色彩，比较华丽。相反偏冷的、低沉的、纯度低的色彩，比较朴素。根据不同的消费群体而做出不同的用色计划，这也是产品营销的需要。

积极和消极的感觉：像红橙黄等色是可以让人感到鼓舞色彩，称为积极色；而蓝、灰褐色让人感觉到消极伤感色称为消极色。比如表现"红红火火过大年"就可以用积极色；表现"每逢佳节倍思亲"时就可以用消极色(图36)。

图36

四、色彩搭配的配色原则

　　色调配色：指具有某种相同性质（冷暖调、明度、艳度）的色彩搭配在一起，色相越全越好，最少也要三种色相以上。比如，同等明度的红、黄、蓝搭配在一起。大自然的彩虹就是很好的色调配色。

　　近似配色：选择相邻或相近的色相进行搭配。这种配色因为含有三原色中某一共同的颜色，所以很协调。因为色相接近，所以也比较稳定，如果是单一色相的浓淡搭配则称为同色系配色（图37）。

　　出彩搭配：紫配绿、紫配橙、绿配橙。

　　渐进配色：按色相、明度、纯度三要素之一的程度高低依次排列颜色。特点是即使色调沉稳，也很醒目，尤其是色相和明度的渐进配色。彩虹既是色调配色，也属于渐进配色。

　　对比配色：用色相、明度或艳度的反差进行搭配，有鲜明的强弱。其中，明度的对比给人明快清晰的印象，可以说只要有明度上的对比，配色就不会太失败。比如黄配紫，蓝配橙等。

　　单重点配色：让两种颜色形成面积的大反差。"万绿丛中一点红"就是一种单重点配色。其实，单重点配色也是一种对比，相当于一种颜色做底色，另一种颜色做图形（图38）。

　　分隔式配色：如果两种颜色比较接近，看上去不分明，可以靠对比色加在这两种颜色之间，增加强度，整体效果就会很协调了。最简单的加入色是无色系的颜色和米色等中性色。

　　原色的纯度最高，在配色中是当之无愧的主角。即使在配色中所占的面积不多也常常会有画龙点睛的效果。原色与原色相配是"强强联合"，原色及其补色的相配是"相得益彰"，因为互为补色会使人在视觉上产生一种平衡，并互为促进，使它们朝着各自的特征方向进一步加强，而达到非常强烈的视觉效应。要使原色在配色中安静下来，选用略浅色可以起到调节作用。

　　淡粉色配色的色彩只有达到一定面积时才具有色彩效果（图39）。浅淡色和暗浅色的相配时在柔和，平静气氛中的明暗对比。浅淡色和浓烈色相配时，对比强烈，浓烈色被浅色衬

图37

图38

图39

图40

图41

图42

托得更富有感染力。

暗浅色的配色是一种亲和力浓的颜色，它是色彩群体中最随和的朋友，和谁都很好相处。那种褪色般的陈旧感有时也会产生一种古典美。暗浅色最好的朋友是白色，暗浅色只有在白色中才显露出了自己仅有的妩媚。

明亮色的配色一般都可以达到清新亮丽，轻松愉快的效果。但是用不同的明亮色相配时，有时会有"抢"的感觉，而且容易显得不和谐。明亮色和浅粉色相配给人以青春和活泼的感觉，也是夏季POP的典型搭配（图40）。明亮色和鲜艳色的配色是大胆而令人兴奋的，它那童话世界般的效果是少年儿童的专爱(图41)。明亮色和黑灰色，特别是各种色相的深暗色相配，使之亮色更亮，暗色生辉，效果最好。

鲜艳色的配色具有最强的视觉冲击力，各种鲜艳色为主色调时装饰感均十分显著（图42）。但是，鲜艳色有时候也过于张扬、过于刺目，如果在配色时用其他色彩来做一点调整是极为有效的方法。鲜艳色和同色相的浅色相配虽然较醒目，但"重量"已经减轻，鲜艳色和深重色相配可以使鲜艳色被衬托得更加鲜丽。

浓烈色的配色可以展现其热烈而又浪漫的特点。浓烈色与鲜艳色过于接近，和明亮色搭配拉开了浓度差距，反而具有卓越的表现力。浓烈色与深重色虽然只是一步之遥，在艺术图案中进行搭配，会有十分典雅、美观的效果。

深重色在配色时，最常见的搭配是深重色和明亮色，这两种色调反差大，色彩感强烈。深重色与暗浅色的搭配是浊色系列中的明度对比，色彩感虽然并不丰富，但有深秋的成熟感和初冬的冷静感，是适宜男士的色彩。当然配的不好也会产生忧郁、晦涩的情感。

黑灰色的配色在中国画中有"墨分五色"之说。不同色相的灰色也是一个"大家族"。黑灰色在配色时大多作为陪衬的底色，黑灰色用得巧妙，就在于明暗对比中增加视觉冲击力。

特色技巧

技法的开发是无限的，依个人的创意千变万化，常在一幅手绘POP作品上综合使用各种不同的技法。下面举一些常用的例子，其他技法要靠大家在实战中不断摸索总结。

一、丝印法

这是一种使用广泛的印刷技术，制作多张相同的POP时，为了省时省力常常利用绢印的技术来进行，其特征是技法简单、易学，能引出许多相同的作品来，也可以作多色的印刷，百货公司或大型公司所制作的POP时，常把内容的整体或轮廓部分事先印刷好，等到要使用时才填上价格，作为店内的海报、陈列卡或价目卡等来使用（图43）。

图43

二、纸张的特殊用法

常把特种纸张拿来直接利用纹理设计POP作品，直接在纸上加工处理，可创作出很好的手绘POP作品。这些简洁、迅速又具有强烈视觉效果的作品，非常方便搭配其他技法应用或单独使用（图44）。

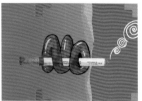

图44

三、烧烫法

利用火烧纸张留下的痕迹也会是一种偶然性的肌理效果，在火烧时可以根据要出现的痕迹面积控制火苗的大小（图45）。烫画也是可以借鉴的一种艺术形式，事先在KT板或苯板上用铅笔勾勒出想要留下的线条，用电烙铁沿边缘烫制，作为肌理或直接书写文字非常有个性，应该注意这种技法要在通风的场所进行创作（图46）。

图45

图46

四、其他各种技法

手绘和电脑结合设计的作品输出方式多种多样，在手绘POP设计作品需要量大时就可以从输出工艺上尝试各种材料的综合运用，像KT板背胶、网格布、IT写真布、喷绘布、相纸、单孔透（图47）、灯箱片、易拉宝、X展架、LED荧光板、亚克力、特种纸等，凸版印刷，模切印刷等各种工艺印刷都可以尝试。

图47

商业海报制作秘籍

（1）吃透行业，紧握商机（2）简洁明快，色彩合理
（3）版式特别，突出字体（4）及时沟通，做好创意
（5）迎合消费，选择位置（6）信息传递，准确及时
（7）提升文化，营造气氛（8）促进销售，才是目的

 美
 食

美食POP创作心法

做美食POP海报，色彩的选用很重要，尽量选
用有食欲的颜色（例如橙色）。另外请参照色
彩的味觉来选择相匹配的颜色，配合不同月份
的营销活动也可选用不同的季节色，西餐POP
在装饰元素上尽量选用欧式元素，突显时尚，
消费群体不同，设计元素选择也应不同！

作者：泡泡李

设计理念： 指示POP在造型设计上尽可能突破方圆，结合主题来设计造型，谐音主题应用巧妙很有趣味性，企业标准色、标准字、标志、广告语的综合运用，能够很好地凸显企业文化。

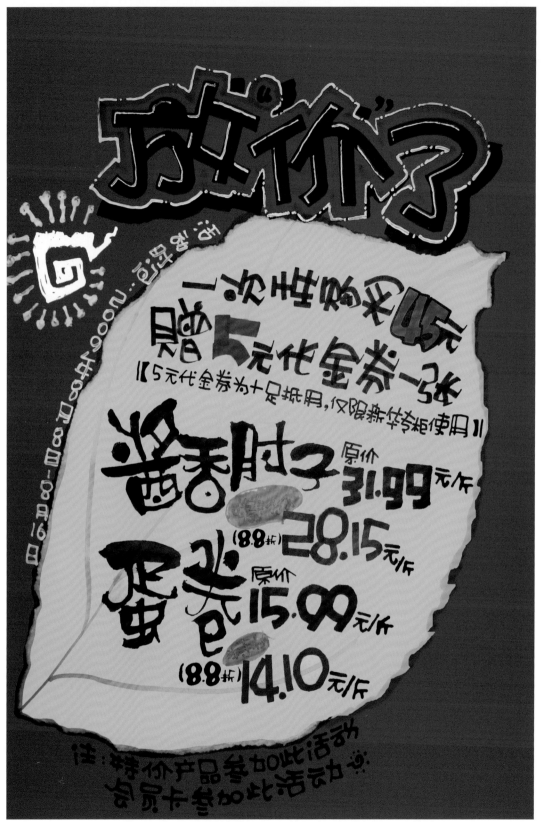

设计理念： 主题"放价了"既突出了假期，引起消费者的共鸣，又说明了产品降价的信息，一举两得。

作者：泡泡李

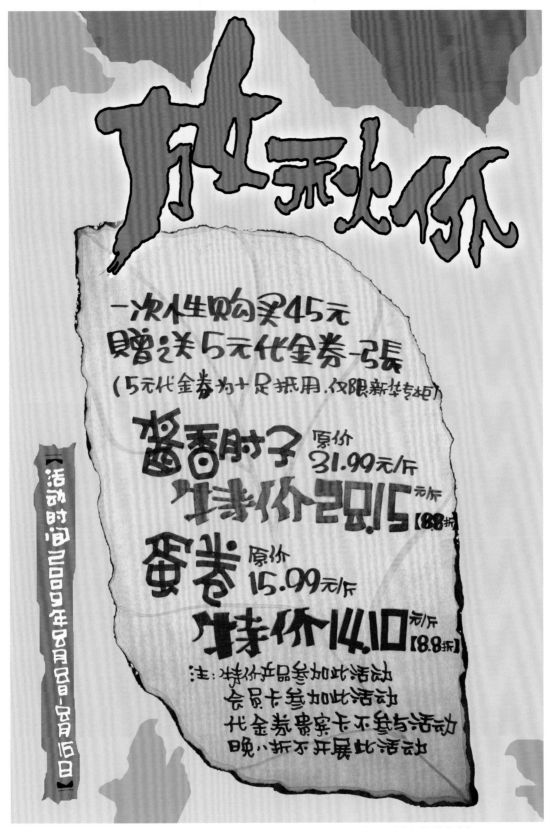

设计理念： 设计元素采用秋天的落叶，表现降价的信息就像秋风扫落叶一样，金秋收获的色彩让消费者感到收获满满。

作者：泡泡李

作者：泡泡李 乔昱

作者：任立红 熊成业

作者：泡泡李 乔昱

作者：张彝

设计理念：

1.背景橙色最能引起消费者的食欲，倾斜的杯子和吸管，动感十足地将主题引出，字中有画的效果令人印象深刻。

2.冰粥二字和冰粥插画融合到一起，做到字中有画，画中有字，选色上也特别注重冰粥的感觉。

3.整体色调用冷色调来表现超级沙冰的冰爽，白纸、浅蓝、深蓝纸交相呼应营造出冰流的感觉，在冰山一角放上一杯可爱的沙冰插画，张嘴说出了5元一杯，整幅作品既说出了产品品种又凸显了产品的价格，表现了沙冰的信息。

4.将插画和主标题有机的结合在一起，运用贴纸的方法营造画面的空间与动感，将超级口感奶茶的味道呈现在消费者面前。

作者：泡泡李

作者：刘伶

作者：泡泡李 乔昱

作者：泡泡李 支蕴奇

设计理念：

1. "诚信"略带欧式元素，相互借用笔画，9折以香肠为设计元素，营销重点明确！

2. 版式借助试卷形式，巧妙地运用谐音为顾客出了一道趣味试题，既道出了商家营销产品特点，同时又让顾客对其主题印象深刻。

3. 情人节来临之前为一家西餐厅创作的主题为"预约浪漫"POP，画面的元素提炼的是欧式风情与玫瑰相结合，礼包底纹和惊喜相呼应，将情人节前的活动信息巧妙地告知给消费者。

4. 标题开门见山，运用强烈的色彩对比来表明优惠的产品的名称和价格，在卖场内张贴直观有效，对提高开业期间营业收入有直接的促进作用。

卡里有钱 消费才有面子

高丽王朝大味道精菜坊三店通用
特惠储值卡享受八折优惠

作者：刘伶

作者：任立红

设计理念：

1. 这幅作品完全突破了手绘形式，在设计元素上将企业标识、印章、活动信息以特殊肌理和花纹做背景，提升了饮食POP的意境。"一卡通三店"的主题信息传递明确，"卡里有钱 消费才有面子"的广告语诱导消费，直入人心。

2. 用古代竹简的形式和水派独创的"潇洒体"制作既传统又现代的菜牌，使商品有了深厚的文化底蕴，既传播了中国饮食文化，又起到了突出菜品特色的作用。

茶艺酒吧POP制作秘笈

茶道文化源远流长，POP作品一般以软笔书写的潇洒体、广告体或中国书法来表现主题，插画的味道也尽可能从国画中汲取营养，做出雅致的POP海报才能提神，为企业文化的提升找到最合适的视觉传达语言。酒吧POP则突出时尚元素，彰显个性文化，在构图上也尽量打破常规，从酒文化中吸收营养提取元素，把美酒、音乐、酒吧的气氛融为一体。

茶
艺
酒
吧

设计理念： 几种乐器有节奏地分布在画面上，把光阴酒吧的悠闲状态表现出来。经典的黑白红色彩搭配，将光阴酒吧的气氛渲染出来。

作者：刘映彤

设计理念：一壶茶、两个杯，母亲节的祝福随着茶韵飘香主题与古香古色的背景相融合，品的是一种韵味，一种感悟。

作者：于敏

作者：刘鸿序

作者：任立红 李扬

作者：叶楠

设计理念：
1. 一杯香茶，一个好心情，体验式营销，融字于画中。
2. 传统的版式配合水派软笔字体传递出茶特有的文化气息，具体文案又散发出品茶人放松、沉醉的心态。
3. 酒水色彩的变换，烧出来的色块边缘，性情潇洒的字体和黑白红金的搭配凸显了中国的传统酒文化，两只酒杯代表两个朋友相聚的心情。

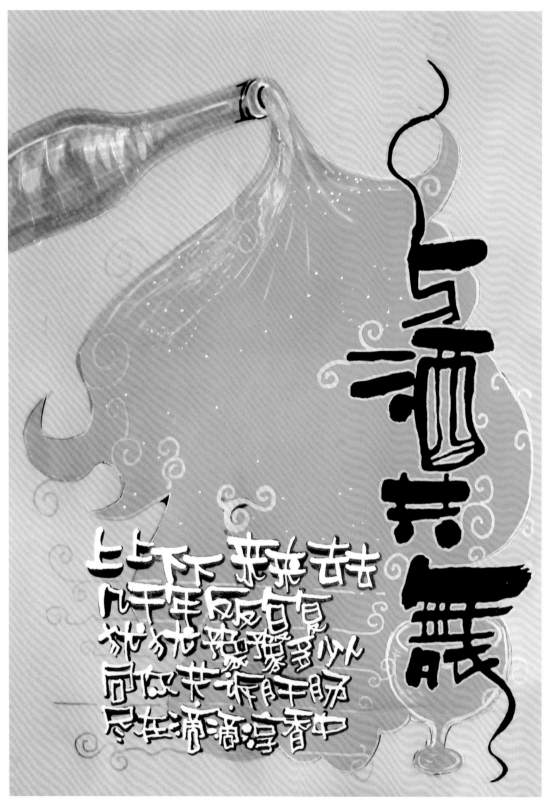

设计理念： 作者选用两张卡纸在背面相粘贴，画面出现了两个"天衣无缝"的空间。婀娜的曲线把酒后迷离的状态和对酒的酷爱表现出来。

作者：张钦璇

作者：单斌

作者：李蕤

设计理念：

1.洮儿河的美味通过一只可爱的、像玩杂技一样的小兔子表现出来，将美酒和游戏联系在一起，趣味性地体现了酒之美味。

2.想喝总有办法的，借用乌鸦喝水的故事来说明功夫不负有心人，酒香不怕巷子深。

设计理念： 美女与美酒配上喝醉的酒杯跟着音乐一起舞蹈，渲染出酒吧特有的、令人浮想联翩的气氛。

作者：泡泡李　李京

通
信
网
络

通信网络POP制作真经
电子产品科技含量
高，通信网络技术层
次先进，在制作POP海
报时也要应用新材料
来表现科技时代感，
带有荧光色变化的专
业POP看板是不错的选
择，在应用中，把时
尚的POP字体和新潮版
式结合通讯网络元素
巧妙安排画面即可。

设计理念： 这幅POP是属于销售型POP，主题为中国风。用水派软笔潇洒体来表现，既有传统味道，又有现代情趣，既凸显了品牌名称，又进行了价格信息的准确传递。

作者：泡泡李

作者：泡泡李

设计理念：

1. e网打尽主题吸引眼球，鼠标与字母e的巧妙结合，手撕偶然性技法的应用很有情趣地增强了视觉传达效果。

2. 销售型POP多以简易的框、线、面等符号为视觉元素，主要凸显出品牌和价格、功能、型号、特色等。

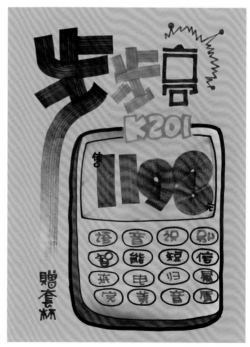

作者：泡泡李

设计理念：这是一组手机促销POP系列海报，因使用的时间短，制作的时间也有限，主要体现产品的价格和品牌名称，设计时做到简洁明快、主题明确即可。

设计理念：迷人的网络和美女联系起来总是令人神往，手机上网，生活从此与众不同的主题深入人心。

作者：水分子

设计理念：通过夸张的插画将手机拟人化，把其功能很有趣地介绍给消费者，创意的"通缉"主题将POP作为最幽默的推销员这一特性展露出来。

作者：泡泡李 蔡双

作者：泡泡李

作者：泡泡李

作者：泡泡李

作者：泡泡李

设计理念：

1.用"想唱就唱"来体现OPPO手机强大的音乐播放功能，主题"想唱就唱"采用广告体，给人摆脱束缚、自由自在的感觉，与想唱就唱主题相呼应。

2.在设计突出价格的产品POP海报时，多以简约风格、色彩对比强烈为主，拼的是字体设计，版式设计。

3.借用张学友的一首歌抒发网络情怀，通过美女的侧影与分割后的肌理效果形成一帘幽梦，情网由此拉开。

4.面朝大海，春暖花开，一往情深，网络情怀，伟岸的男人需要视野的开阔，透过这个网络窗口我们可以寄托很多很多。

节日促销是商家宣传的最佳时机，整个卖场中都弥漫着浓厚的节日气氛，手绘POP作为最幽默的推销员和最沉默的推销师，或者以海报形式促销商品，或者以美陈形式点缀环境。节日POP形式多样，要结合主题、环境和行业特点，把创意巧妙融入其中。

老昌食品

端午老昌情

时间：2009年5月27日——5月30日

一次性购物45元送5元贵宾券一张

一次性购满25元赠香包一个

（一次性消费15元方可使用一张）

设计理念： 用软笔POP字作为主标题，贴切地表现了中国人对端午这个传统节日的情结，而仿照中国画的构图、题跋，尤其是将企业名称做成印章更加强化了这个特色。

作者：泡泡李

设计理念：将香肠做成月亮，可谓是把童年的想象力发挥到极致，老昌食品的儿童肠是主打特色，在儿童节这一天促销，用这样一种很可爱卡通的形式，很好地吸引了孩子们的眼球。

作者：泡泡李

作者：泡泡李

作者：乔昱

作者：许彬

作者：乔昱

设计理念：

1. 一个通知可以写得很简单，其实传递的只是一个信息而已，但如果我们下一点工夫就可以发现设计元素的提炼还是很多的，爆竹炸开的烟雾可以分割空间，把虎尾虎爪巧妙地融入到春节快乐的字里行间。

2. 设计欣赏型POP一方面要表达出情人节的甜蜜，另一方面要营造出情人节的浪漫气息。手牵手、心连心的一对岂不正缺少一件礼物吗？营销重点也在于此。

3. 中秋月饼促销海报形形色色，利用妈妈想给孩子买最好吃的月饼的心理以及超现实的表达方式来阐述销售目的，这还是很少见的。

4. 礼包已露出各种各样的礼物，麋鹿也开心地扬起叶片，将圣诞元素巧妙地结合到一起构成了圣诞快乐的主题，这类欣赏型的POP适合长期应用。

作者：泡泡李

作者：王姝慧

作者：支蕴奇

作者：泡泡李

设计理念：

1.用一张纸、一支笔，传递了人间真情，表达了感恩的心，简约而不简单。

2.站在月饼上也像站在月亮上，端着月饼的大厨向你微笑推荐打折销售的月饼，主标题"中秋佳节"动感十足，让人的心也跟着舞蹈起来了。

3.绚烂的色彩、富有张力的背景把开业酬宾的内容推向前面，凸显出消费者最关心的内容。

4.这幅作品用主标题表现出了送礼了，也写出了商家营销策略，绿色系的运用也强化了五·一的节日特征。

老昌食品 LaoChang

师者慧心

凭教师证所有商品可享受9折优惠。

【教师特供产品】
时间：8月30日—9月10日

五谷香鸡
原价18.52元 特价16.30元

环形肠
原价22.99元 特价20.24元

注：晚八折期间不开展此活动；老昌代金券、贵宾卡不参与此活动；
老昌VIP会员卡、特价商品参与此活动。

设计理念： 用蜡烛为主要设计元素，赞扬了老师的精神，同时也说出了对教师特殊待遇的营销策略。

作者：乔昱

Holiland 好利来

父爱无声

在老昌食品专柜购物满**28**元

即可获得**好利来3**元代金券

（每消费12元方可使用一张　此券最终解释权归好利来所有）

温馨提示

WEN XIN TI SHI

请注意：
别忘了给父亲打个电话，
今天是父亲节哦！

数量有限
赠完为止

设计理念：走情感方式的销售路线可以抓住消费者的心理，也可以达到商家的销售目的，一举两得。

作者：泡泡李　支蕴奇

设计理念：可爱的"我的6.1我做主"标题既体现了儿童的天性，也表达了孩子想做主的心理，尤其是卡通插画，为画面增添了六·一儿童节的喜庆气氛。

作者：乔昱

HALLOWEEN

设计理念：万圣节海报以恐怖的红色背景为主色调，以礼品店里的城堡贴纸、南瓜灯、巫师帽等产品为设计元素，营造出西方万圣节的气氛，也含蓄地起到欣赏性POP销售的目的。

作者：乔昱

企业
业
文
化

企业文化POP拳谱

企业文化POP是将一个组织由其价值观、信念、仪式、符号、处事方式等组成特有的文化形象用平面设计的形式展现出来。在创作这类POP作品时是根据不同地域、不同行业的企业文化特点，采用不同的视觉传达语言，使企业文化"寓教于乐"，将企业经营哲学、价值观念、企业精神、企业道德、团体意识、企业形象、企业使命以贴近人心的POP形式传播，提升企业形象。

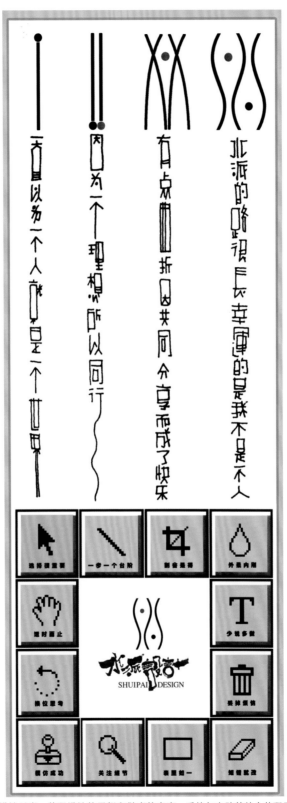

设计理念：从电脑设计软件中提取设计元素，体现设计的思想和做事的态度，手绘与电脑的结合体现了原创性和科技相结合的力量，通过标识元素的演绎变化表达了企业成长的历程。

作者：泡泡李

作者：李念

作者：任立红

作者：任远

作者：泡泡李

设计理念：

1.写实的油画表现、自由散落的图钉，一个倒立的图钉导出具体文案，表明陈述主题，渐变的层次颇有金属质感，对比强烈的视觉效果，体现着企业员工应具有的精神面貌。

2.征服畏惧传递的是一种企业精神，猫门之妙在于无畏，一只耗子勇敢地拿着刷子来描绘猫，这需要有胆有识。

3.用一只猴子摆手的姿势与文案呼应，而不做猴子的主题让人们浮想联翩，简洁明快的版式把企业文化展示的活灵活现。

4.温馨提示告诉人们的是企业管理者想对员工说的话，用POP来表现总要比耳提面命的告诉员工亲切得多、方便得多。

作者：泡泡李

作者：任立红

设计理念：
1. 用软笔POP字体书写理念，体现了企业的文化底蕴，载体采用盘子又点出了一个食品企业的行业特点。
2. 字中有画、画中有趣的表现形式，形象地阐释了办公空间或教室的内部关注细节的文化气息。

设计理念：小马过河的故事尽人皆知，以比喻的手法说出了行动治愈恐惧的主题，活泼生动的形式令人们容易接受。

作者：任立红

作者：任远

作者：泡泡李

设计理念：

1. 海报中提取了铅笔、橡皮、小刀等很多元素，来表现整个内容，奔跑的人手里拿着铅笔杆，白色旗帜表示我服了、我听话，搞笑的鹦鹉还补上了一句"以画室为家"，既有亲和力，又说出了画室规则。

2. 企业文化的POP，通过插画来巧妙表现主题的意愿，将行动与恐惧之间的关系，用蜗牛和乌龟两个非常慢的动物来表现犹豫拖延带来的后果。

鞋业服饰

鞋业服饰POP全法

穿是爱美的人关注的外在美表现,设计这类POP作品多以时尚、个性为突破口,儿童装还要体现可爱,鞋业服饰类POP在文案上也不少下工夫,如"冬鞋吸毒"、"衣衣"相伴、"衣衣"不舍等。

设计理念：美女向来都是吸引眼球的，而本海报用紫色插画、粉色标题打造出时尚淑女出水芙蓉般的感觉，道出一个主题"女人是水做的"。

作者：丁峰

设计理念： ONLY品牌春季发布，走出时尚路线，立足都市女性，一段感人的文字打动人的心弦，对品牌的期待充满激情，春天生机盎然的色彩，嫩嫩的、绿绿的，让人感到新鲜。

作者：张雪

设计理念： 冬鞋吸毒主标题巧妙地将产品的吸臭吸汗的功能呈现出来，令人不禁想到金庸小说中的人物，在具体文案部分更是深化主旨，画面构图用系有鞋带的鞋面和底色区分出两个空间，层次分明。

作者：任立红

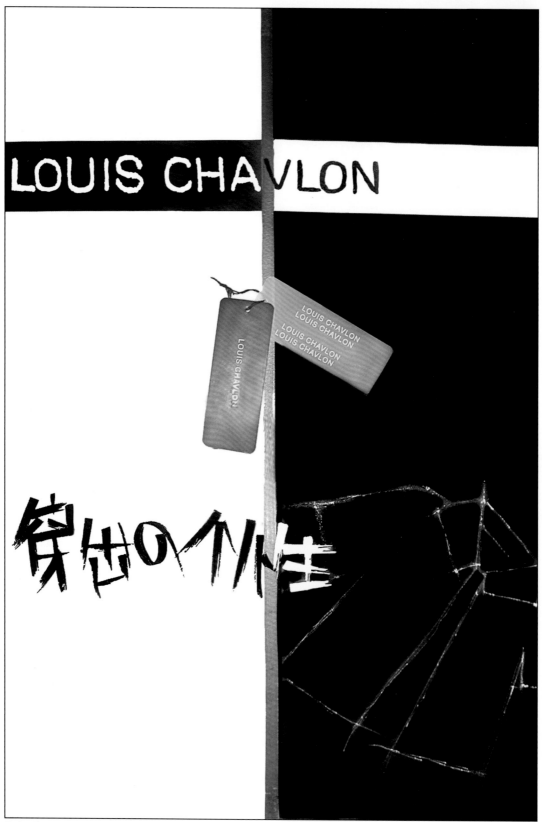

设计理念： 这幅作品用刮画的技法在黑卡纸上刮出了服饰的外形，黑白分明的字体把"穿出的个性"的主题表现出来，巧妙地导入商品的标签，突出了品牌。

作者：于敏

作者：齐晓莹

作者：刘映彤

设计理念：

1. 牛仔裤的背景，小魔鱼的故事，自信的营销广告语总能引起人的共鸣。

2. 黑白配是一款个性的服饰，是一曲动人的歌，以黑白为色调来反映主题，有动感韵律的版式，活泼生动的表现着这款服饰的个性。

招 生 招 聘

招生招聘POP如何"三打白骨精"

"三打"是招生的策略，即打前期广告，打中期广告，打后期广告，白领、骨干、精英是人才招聘的重点，在做这类POP海报时要明确学员选择培训是要学东西的，人才择业是选择奋斗平台的。设计师一定要给出企业形象的准确诠释，未谋面已神交的感觉要营造出来，设计时可以直接表白，写出职位要求和招生对象，也可以使用"从实招来"、"寻人喜事"等好玩的文案做主标题来吸引眼球！

作者：泡泡李

作者：泡泡李 乔昱

设计理念：

1.倾情回馈，为了体现优惠，一个铜币构成个回字，几种课程突出现价和原价形成对比，实现刺激消费的目的。

2.寻人喜事，其实找的是水分子（水派学员的统称），水派POP招生大旗用水性马克笔为旗杆，终于找到你了的心声，通过帅哥来传达，在水派POP招生的长河中，这款或许会成为一个经典。

作者：董雅心

作者：泡泡李 马春磊

作者：董雅心

作者：董雅心

设计理念：

1.学POP可以帮我们做什么，是每一个初学者很关心的问题，校园里无非是新生和老生两种人群，有针对性地写出其最关注的POP用途，实则告诉他，也是在陈述"我"！

2.招生情报，将马克笔安上翅膀承载着艺术梦想，腾云驾雾而来，招生信息尽收眼底，快乐有我，选择由你。

3.好机会来啦，说的是水派POP的讲座，报喜讯的小猫咪奔走相告，POP的快乐无处不在！

4.手绘POP的魅力像魔法一样令人着迷，POP的课堂传授快乐秘籍，深藏九年的水派横空出世，请看我七十二变吧！

作者：晨曦

作者：泡泡李

作者：吴迪

作者：泡泡李 刘伶 孙一筝

设计理念：

1. 本作品主题明确，分类清晰，色彩明亮，简洁大气的风格让人一目了然。

2. 透视的马克笔将人的视觉导到招生情报的位置，双喜宴的桌上没有筷子只有笔，细看你会发现原来是喜欢写字、喜欢画画的手绘POP爱好者欢聚于此！

3. 这是五一急训特惠课程套餐，主要对象是学生，价格比较优惠，作为校园海报，采用绿色背景，更直观地传达了青春气息，一盘480元的套餐欢迎品尝。

4. 搞笑的插画和顽皮字体风格相互呼应，尤其是主题的幽默，让人在会心一笑的同时感受到了招生的主旨。

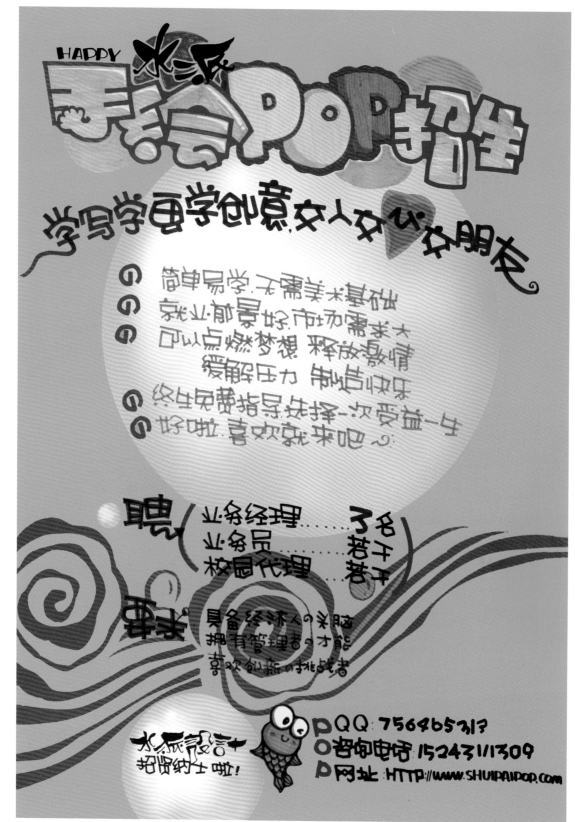

设计理念： 这是一幅将招生与招聘合二为一的POP海报，水派的洪流中弹出几个可爱的泡泡，有信息、有招聘、也有可爱的小鱼，甜甜的荧光粉色营造的是一种温馨的气息。

作者：乔昱

设计理念： 标题说出了学习POP的快乐，开心的年轻人拿着画笔正在描绘着他们美好的明天。

作者：泡泡李 乔昱

作者：泡泡李

作者：朱云鹰

作者：郑文光

作者：水分子

设计理念：

1.有创意才能长期存在，说出了创意的可贵及对人才的要求，因为悦影堂是做影视创意广告的，所以在设计的时候通过硫酸纸这种透明的质感来表现视觉的穿透力。

2.手撕、喷绘、镂空，很多技法的综合运用，做出了水云间的味道。

3.用KT板烫雕、喷绘，下面用波音软片粘贴，用麻绳来连缀，在各种技法中体会创作POP的快乐，品味POP的生活。

4.将工作室的五大亮点通过一台显示器娓娓道来，有很多时候设计其实就是找好一个恰当元素，来表现即可。

作者：冯诗砚

作者：陈立晔

作者：张子键

作者：任立红

设计理念：

1. 对POP的诠释说出了POP人的心声。

2. 将目标锁定水云间，怎一个P字了得，天涯咫尺，乐在其中，说出了无论在哪里的水分子都会因为POP而快乐。

3. 运用"红配绿"的大胆配色和疏密得当的版式，真正做到了"越是挑战，越是精彩"。

4. 颜色鲜明，布局合理，以积雪的元素来突出"寒假"的主题，诙谐幽默的插画给作品增添了很多趣味性。

设计理念： 人事部主管焦急的等待中……招聘个文员容易吗？简历多多，人才少少，如果你是一枝花，请来绽放一下，这个位置给你留着。

作者：张雪梅

设计理念： "喜欢就来"说出了水派手绘POP画室针对兴趣教育进行招生的思路，既反映当代年轻人的个性需求，也突出了水派POP的特色魅力。

作者：任立红

商业POP制作技巧

第一，信心，相信你自己可以做好，洒脱的面对自己。第二，诚实，诚通天下，一切随缘，诚信赢久远，品质赢未来。第三，要注意同客户沟通，与朋友相聚，交流才能了解客户所需，交心才能交朋友。第四，我们不单纯地满足于客户的认可，要不断推翻自己，冷静分析客户视觉营销问题所在，真正解决客户的问题才能为设计增值。第五，整合一切可行的资源，我们要紧紧围绕手绘功底结合科技力量为商家解决视觉营销问题，做好最幽默的推销员和最沉默的推销师角色。

设计理念：这是一幅将摄影、手绘与电脑艺术相结合的POP作品，整体设计元素以卡的大小变化为设计重点展开。正在做瑜伽的美女手扶办卡特惠，以高难度的动作吸引消费者的眼球，副标题"庆三店开业大酬宾"融入欧式花纹中形成背景层次、卡的层次与人物的组合层层深入。

作者：泡泡李

作者：王晓婧

吉视生活频道
首播：（每周六）**17：00**
复播：（每周六）22:45 10:05 04:40

2011

作者：泡泡李　王娇龙　仇耀逸

设计理念：

1.随意勾勒出的琴键、个性的主题充分体现出一个推荐者和知情者的陶醉心情，简洁大方的风格很容易感染读者。

2.这是款电视台新栏目宣传海报，根据猜价格的特点起的，可爱的插画传递出栏目的娱乐文化风格，结合2011年的日历又凸显出海报的实用性，一举两得。

2011
作者：泡泡李

作者：泡泡李 仇耀逸

设计理念：

1.用沙发来代表家居，用靠垫来传递商业信息，用"大淘宝"和"具具有礼"的文案做主题和广告语，创意不言而喻，而和谐温馨的色彩让消费者确实体会到商家贴心的服务理念。

2.发光的魔术棒，潇洒的魔术师，踏着神奇的扑克牌，以黄飞鸿氏经典动作带你进入一个魔幻世界，飞船、太空、激光、星体处处营造着魔幻之旅。

作者：乔昱　仇耀逸

作者：张昪

作者：董雅心

作者：泡泡李

设计理念：

1.搞笑的卡通人物作为整个页面的一部分，提升了作品的趣味性，在短时间内抓住行人的眼球，使人急于了解海报的具体内容，吸引目标人群的作用达到了。

2.用金布纹纸作为材质，表现产品的高雅，通过珠宝和地球的互相比喻，加上一语双关的文案，让作品充满了创意性。

3.以手撕法为主的手绘POP作品，把POP的自然和人情味全部融入了画面里。

4.简约而大气的板式让人对内容一目了然，红色和绿色的合理搭配、水派潇洒体的应用提升了作品的品位。

作者：乔昱

作者：贾震

作者：任远

作者：泡泡李

设计理念：

1.标题字和插画的完美配合，直观而形象地表达了心理咨询室的最终目的——剪开心结。

2.心动漫纳友其实是在推广销售这一产品，拟人的手法交代了报纸的信息，喜欢就订吧。

3.水派胖娃体的主标题结合星星造型，传递出主题。鲜明的色彩对比，让人会过目不忘。

4.一个立功竞赛的通知，在航天系统如何精彩发布，设计师做了一个探索，将飞机的门、窗及旗帜结合在一起，体现了主题的元素。

作者：乔昱

作者：水分子

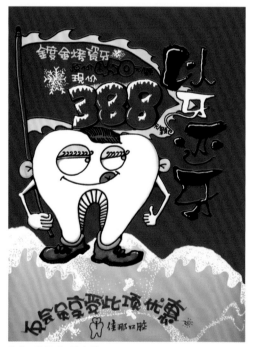

作者：泡泡李 马春雷

作者：泡泡李 马春雷

设计理念：

1.滑稽的魔术师，加上画面上无处不在的魔术道具，使作品充满了神秘的气息。

2.从用色到构图，从标题到文案，处处体现着童真童趣，充分说明了手绘POP能引起孩子们的共鸣。

3.借用"以牙还牙"的成语说明了产品的优惠政策，用冰和红色代表"冷"和"热"反衬出烤瓷牙的坚固耐用。

4.一个拟人化的插图改变了口腔医院给人的一贯印象，配上清新的色彩，既宣传了产品，又不会给口腔患者带来治牙的恐惧感。

生活类海报制作秘籍

玩出POP精彩，做到心有所动，笔自飘逸，我写我心，我画我想，在玩中画，在画中玩，将艺术融入生活，表现生活，表达思想，表现创意。

生活篇

生活感受POP创作心得

POP可以让人释放激情、描绘生活、表现自己的艺术梦想。

POP

主

题

设计理念：在POP的舞台上两大高手对决，将帅相争，化笔为武器，眼神如电，创意没有终点，POP人坚决不能举棋不定向困难屈服，因为天下兴亡P夫有责！

作者：丁峰

黑夜给了我一双黑色的眼睛
泡泡李也给了我发现
美的眼镜
它带着我去
寻找……

另P蹊径

作者：水分子

网住你世界

作者：张彝

设计理念：

1.另"P"（辟）蹊径，在一个平面上又打开了一扇门，开辟了另外一个空间，同时玩了一个文字谐音的游戏，充分体现了作者独树一帜的POP创作思路。

2.用比喻的手法来描绘POP的魅力，贴切、生动，但愿POP真可以网住你世界。

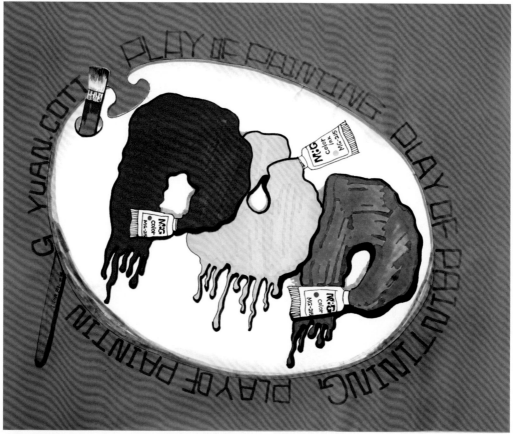

作者：袁阳露

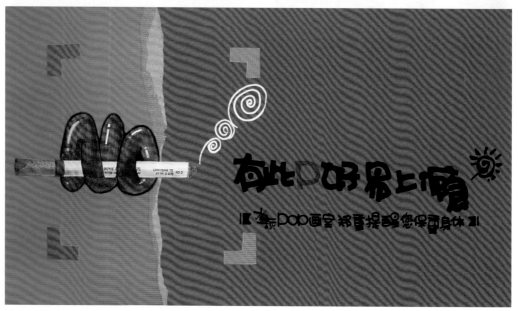

作者：泡泡李

设计理念：

1. 用挤出的颜料形成POP形状，充分体现了水派赋予手绘POP的含义"玩出来的艺术"理念。

2. 以烟瘾来比喻学习POP的热情，将烟和马克笔的同构创意图形冒出POP的烟雾，同时提醒大家有此"P"好易上瘾。

作者：水分子

作者：水分子

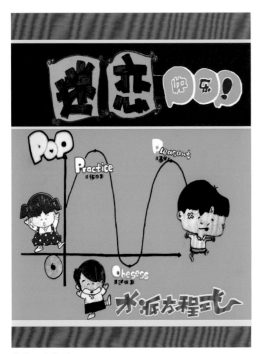

作者：水分子

作者：水分子

设计理念：

1.足够时尚的人物漫像，饼干形状的标题字，莲花形的笔尖，到处充满着"快乐美一课"的味道。

2.以一个正在减肥的人来说明学好POP也和减肥一样，是需要"持之以恒"的。

3.把枯燥的数学元素融入作品中，在POP的神奇点化下竟然充满了趣味性。

4.作品中无一不透露着作者对手绘POP的无限热爱，通过程度递进的文本内容来表达一生热爱POP的梦想。

公益POP海报艺术所显示出的文化含量以及在视觉表现上的独特艺术魅力，仍旧处于广告宣传媒体的重要地位。以纯经济利益为目的的商业POP海报由于针对产品目标受众的局限性，无法摆脱激烈的市场竞争及经济操纵，过分注重物质层面的商业价值，从而忽略了精神层面的文化价值、艺术价值，难以获得长久的生命力。在信息时代的今天，许多企业都纷纷与公益海报联姻，以此作为塑造企业自身形象的媒体窗口，进而提高其亲和力及美誉度。可见，信息时代的公益海报在这个多元化的设计领域中，为设计师提供了无限创意的空间，同时也成为现代设计文化和观念的传播者，它在有效传达人类精神文化领域的主题下以神奇的视觉符号，在非凡的创意中注入文化理念，在图形语言成为优势传播的信息时代，我们已跨入一个设计文化的新世纪。设计与文化的融合，构建出多元化设计的文化生命形态，使设计的观念、思维、风格、审美渗透出独特的文化价值。

设计理念：满是白色垃圾的地球还是我们的家吗？充满警示性的画面突出了作品的主题。

作者：刘宇

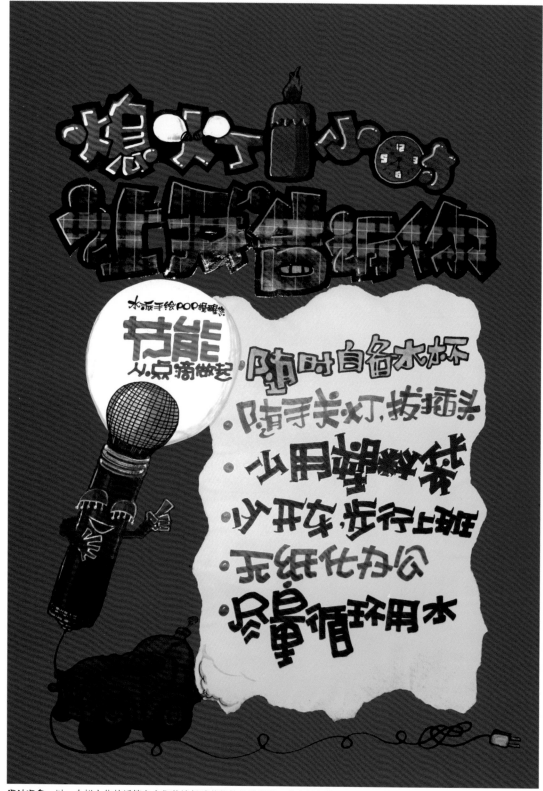

设计理念： 以一个拟人化的话筒向人们传达低碳节能的具体做法，从生活细节入手，显得直观而又人性化。

作者：泡泡李

作者：水分子

作者：孙丽娜

作者：水分子

作者：泡泡李

设计理念：

1.生命的禁区时时刻刻都存在着诱惑，我们要用心分辨良莠，有些东西是不能沾的，本幅作品以大家熟悉的扑克牌"红桃J"为设计元素来表达年轻人对娱乐游戏与人生赌博的看法。

2.把趣味性的"遗书"和警示性的绳索熔于一炉，严肃而不失活泼地说明了吸烟的危害。

3.将爱心投入捐款箱说明红十字会的作用，唤醒人们的爱心，更好地支持公益活动。

4."艺"网情深中含有"六"周年的祝福，水分子倚靠马克笔点燃梦想而变成的"六"腾云驾雾，怡然自得。

设计理念： 作品深刻地表达了一个吸烟者的内心世界，用黑色来表达颓废的情绪，将吸烟有害健康的理念藏于其中，直击当代人的内心深处。作为第六根手指的香烟是作品中的一大亮点。

作者：泡泡李 乔昱

设计理念： 本作品利用图形结合来说明主题，独特的创意在公益类海报上起了巨大的作用，无数的爱心汇聚在一起，才能体现出团结就是力量的意味。

作者：乔昱

生活类POP制作注意事项：

1. 准备好心态。制作生活类POP需要一颗平常心，一个健康的心态，需要用心去感受、去回味！快乐地去热爱生活、欣赏生活、享受生活、创造生活，享受着平静地创造生活POP！

2. 注意观察生活、感悟生命。制作生活类POP请用心感受人生每一次快乐和痛苦的经历，体味着平凡人的甜酸苦辣，面对着人世间的聚散离合，看着身边每一个新生命的降临，睁开发现美的眼睛。

3. 不受形式、技法和色彩限制，只要充分抒情即可。生活不能满足每个人的预期愿望，但是我还是要感谢生活，感谢它让人生没有孤单！感谢它让人有机会到世间走一遭，把喜怒哀乐都尝遍；感谢它赐予了爱我的父母；让我拥有这世界上最可贵的财富——朋友！感谢它让我明白了任何事物都不可能不劳而获，感谢它让我明白生活的本意，感谢它让我珍惜每一个值得珍惜的人，虽然也有悲观失望的时候，也有痛苦悲伤的片段，但这是我们交给生命的答卷，只要我们认真书写，不论你是谁，不论你来自哪里，不论何时，都该拥有属于自己心灵的日子，属于自己创作POP和感悟美丽心情的日子。在创作生活感受的POP时是调节心情，积极乐观面对自己，将快乐和美通过手绘POP来传递。不要受技法限制，一定让你的设计思想走在前面。

携手一生

堂手远为妳
殿有永远
爱的我奋妳
妳约定愿为
只愿为妳
戴上指间的环
呵护一生

设计理念： 这是一幅庆贺婚礼的海报。圆月表示圆满，以欧式教堂为元素，突出了婚礼的神圣。

作者：徐福

作者：李硕

作者：孙新 泡泡李

设计理念：

1. 以中国传统的"洞房"、"红盖头"、"对联"突出新婚之夜的喜庆和甜蜜。
2. 以可爱的双喜表现一对新人喜悦的心情，一副对联暗藏新人的名字呢！你看出来是谁了吗？

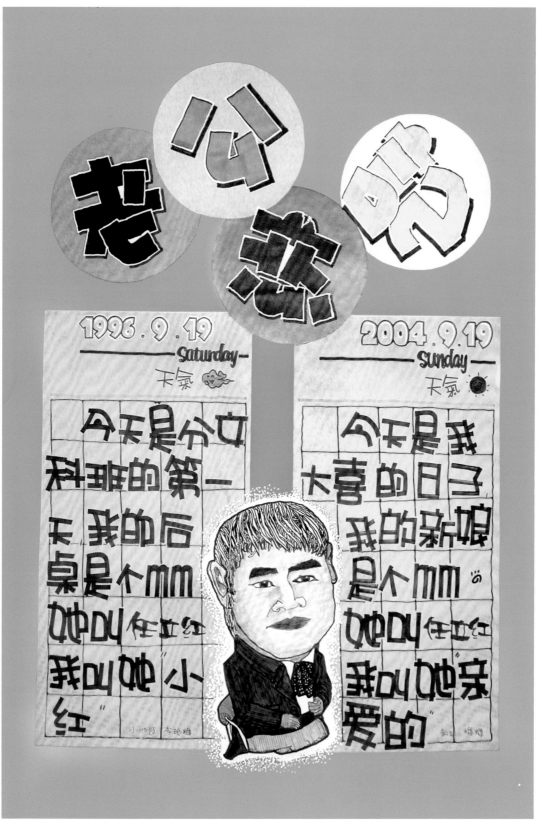

设计理念： 每对牵手走入结婚殿堂的恋人都有一个刻骨铭心的邂逅，以两篇日记对比的形式向人们展示爱情的萌芽和果实，着实让人产生一份朴实的感动。

作者：泡泡李 孟令健

设计理念： 每个小朋友都是超人，身上都具有神奇的魔力，特别是在儿童节这天，自己的节日自己做主，飞越地球穿越太空，我们的节日到了，就是个飘啊！

作者：乔昱

设计理念：作者用POP来记录自己的情感历程，随着地点和心情的转换，从接受、难受、忍受、到感受，两人的感情也得到了升华。而这样一幅作品作为结婚纪念的礼物岂不是无与伦比、难能可贵？

作者：泡泡李 吴迪

作者：张暴

作者：马春磊

设计理念：

1. 画面中充满着浪漫和甜蜜，配上温馨的话语，足以感动任何一对恋爱中的人。

2. 光是新锐的插画风格就足以突出POP的个性一面了，很好地诠释了POP是一种十分前卫的文化。

设计理念：以橙子的照片和"橙"的谐音来表现一种成熟之美。成熟是深沉的，所以在配色上很低调。

作者：叶楠

设计理念： 花好月圆，是欢聚的好日子，把酒言欢，共许心愿。传统的主题配有传统的形式，让主题深入人心。

作者：乔昱

作者：泡泡李　李冰茹

作者：泡泡李

作者：泡泡李　张薇

作者：泡泡李　李冰茹

设计理念：

1.这是一幅送给宝宝的海报，用向日葵来比喻宝宝的健康成长。

2.宝宝像太阳，照到哪里哪里就充满着快乐。3D笔的立体效果的材质用以表现主题，充满着趣味性。

3.宝宝每一个成长的经历紧系全家人的心，由此带来的快乐就像一个个氢气球，飘飞在家人的心里。

4.夸张的主标题，既是夫妻情感的写照，也表现了在大家的关爱下宝宝正在茁壮成长。

作者：水分子

作者：水分子

作者：水分子

作者：水分子

设计理念：

1.一种心境也好，还是一种行为也好，只因是一种蜕变，所以是那样让人迷恋。下面蓝色和上面红黄色的交界处正是蜕变的图解，展翅后必将是"腾飞"。

2.爱情，这是个私人话题。字体采用水派潇洒体表现出爱的狂热，红色和粉色的搭配又渲染出这份感情的甜美。

3.双钩主标题是经作者刻意创作的，和下面插画造型相呼应，极具空间感的背景将那个美丽约会的夜晚定格成永恒。

4.因为我们年轻，所以我们可以尽情地张扬个性！整个画面很好地体现了年轻人的态度。

设计理念：一个准妈妈对未出世的孩子和对孩子的爸爸充满幻想和期待，用绘本形式记录平实的心情，会比其他任何形式都感人。

作者：孙丽娜

105

作者：谢婧

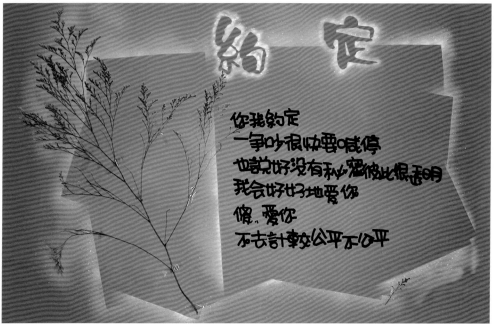

作者：曲磊

设计理念：

1. 天冷，人心不冷，而这份温暖来自一种蓝色和橘色的对比、来自一对恋人彼此相知的温情。黄色的月亮对于整个画面过于抢眼，用硫酸纸覆盖后既符合整体的冷调，也创造出了画面异样的浪漫情调。

2. 用遮挡喷绘技法制作出背景和主题，创造出一种别样的意境。真实的植物标本说明两个人的爱情是需要珍藏的，再加上两个人一起听的歌曲，一切尽在不言中。

设计理念：一只孤单的小熊坐在秋千上发呆，既有对时光过得太快的无奈、也有对逝去的童年的眷恋，作品用儿童的视角深化了主题。勾起了人们对美好童年的怀念。

作者：任立红

设计理念： 融形于背景若隐若现，就像生活中的自己，自由自在地做着喜欢做的事，经典的黑白配简洁时尚，图形的笔断意连营造出一种通透的气氛，令人遐想。

作者：刘映彤

作者：曾静

作者：水分子

作者：刘旭东

作者：姚永琳

设计理念：
1. 背景色和插画透出温馨的气氛，水派形意体的"家"字体现出作者对家的深刻理解。
2. 可爱的胖娃体标题字和插画，融入了时下流行的喜羊羊元素，连儿童也变得时尚起来。
3. 一杯浊酒喜相逢，满月之喜聚宾朋，设计人生靠理念，李念之生创意中。
4. 火红的底色象征着热情，通过藏头诗的文案形式，表现出作者对偶像的崇拜之情。

作者：水分子

作者：水分子

设计理念：

1.用非主流的纹样作为背景，衬托出90后心中的"金色年华"主题，用黑色做底色，似乎又削弱了90后那份浮躁。

2.绘画人心中通常藏有一个另类的世界，他们通过自己手中的画笔来描绘多姿多彩的生活，感动别人的同时自己也乐在其中，这幅作品是绘画人的真实内心写照。

设计理念： 流畅的线条、淡淡的粉色、童话般的情境充分地体现出爱情的那份轻松、甜美、浪漫的情怀。像是梦境，又是作者对家的理解。

作者：李扬

忘忧草

忘忧草忘了就好
梦里知多少
某天涯海角
某个小岛
某年某月
某一次拥抱
轻轻河畔草
静静等待
天荒地老

设计理念：周华健的歌令人动情，一曲忘忧草以POP的形式演绎，别有一番情致，同类色的搭配强化了主题的情境。

作者：乔昱

作者：水分子

作者：张雪竹

作者：夏露

作者：水分子

设计理念：
1. 梦想有多大，负担就有多重，但我们依然迎难而上。周杰伦的歌词代表着广大年轻人的心声，使作品引起了同龄人的共鸣。
2. 艺术都是源自生活的，最质朴的语言往往代表着最真实的情感。
3. 以中国传统的"年年有余"为主题，再加上网上流行的"小破孩"，真正做到了古为今用，可以当做一幅现代版的年画去欣赏。
4. 用一些年轻人喜欢的潮物照片和充满沧桑感的版式，体现了对逝去青春年华的无限怀念。

设计理念： 一般情人节礼物都是送玫瑰花，而这幅作品表达一心只爱你的设计思想，整体用LOVE作为主题，原来爱还可以这么做！

作者：泡泡李

设计理念： 用梦幻的水彩插画表现出毕业的心情，其中有一份惬意、一份不舍的感伤。

作者：谷欣

校园海报制作秘籍

学一招"乾坤大挪移"，创作时激发自身潜力。同时还要借力，要学会借鉴古今中外的优秀作品，借鉴大师的作品就是站在巨人的肩膀上前进，现成品的巧妙运用是就地取材，记得上大学时我就用干豆腐蘸墨汁写过POP，美是没有界限的，尽情地发挥吧！

校园活动

校园POP制作注意事项：

校园海报不只是一种传播媒介，更是一种独特的校园文化，手绘POP海报带给人们的视觉冲击和艺术享受，不是印刷品或电子公告所能代替的！手绘POP海报承载着更多的人文、历史和科技等丰富内涵，承载着时代的特征。校园POP海报一般是为了介绍和宣传电影、戏剧、比赛、文艺演出等活动，它可以具体介绍活动的主办单位、时间、地点等内容，海报本身的样式各一、颜色鲜艳、排版自由，可以令人一目了然。对大学生来说，海报是最重要的消息通道，也是大学校园必不可小的一种宣传手段。手绘POP海报极大地增强了校园中的信息交流，同时为同学们交流提供了一个实践和交流的平台，我们设计校园POP海报一定要多查相关的参考资料，时间地点放在明确显眼的位置，标题要叫人一目了然，具体作画风格根据海报内容而定。

作者，乔晶

作者．泡泡车

作者：乔昱

作者：乔昱

设计理念：

1.巧妙地把标题字和插画浑然一体，既确定了整体版式，又表达了主题。

2.运用中国传统艺术构图，让校园里纳新的活动在表现上独树一帜。

3."蝴蝶展"，文图一致，直观醒目，符合整体校园POP风格。拟人插画让人眼前一亮、抑或忍俊不禁。

4.POP海报的典型格式，但在立体标题字和Q版插画等细节上与众不同。

设计理念： 运用同类色的对比，让作品看起来浑然一体，运用夸张的插画烘托了节日气氛。

作者：泡泡李　乔昱

作者：刘映彤

作者：乔昱

作者：乔昱

作者：泡泡李　姚悦

设计理念：

1.作品另辟蹊径，采用绘本的手法表现，让作品脱离了商业味。文案有着很强的励志性。

2.黄色和紫色对比色的运用可以烘托事件的活力，同时紫色也可展现啦啦队美女们的特殊魅力。

3.日系动漫迷大多生活在自己特定的世界里，大大的标题字和非常日系的插画可以让他们迅速产生共鸣。

4.设计元素从内容中汲取，这是创意的一种思路，同时这幅海报还用立体的红纸折出幕布的形式搭配在两侧，鲜明的色彩对比醒目地提醒读者球赛即将开始的信息。

设计理念： 一个水派潇洒体"舞"字，传达出舞会的动感印象，搞笑的插画也体现了学生活泼好动的本色，整幅作品有着鲜明的个人风格。

作者：泡泡李 马春磊

设计理念： 儿童节的海报色彩绚烂、文字活泼、构图动感强烈，三个不同肤色的孩子头压在地球的边缘，超常规想法符合儿童天马行空的想象力。脸上幸福的笑容体现出了儿童节的喜悦气氛。纸雕的运用增强了画面空间感，丰富了表现技法。

作者：刘映彤

作者：朱云鹰

作者：泡泡李 乔昱

作者：李京

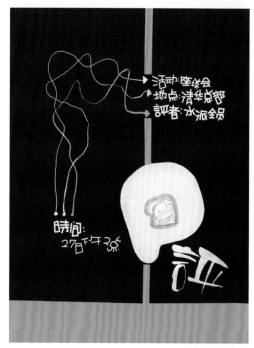

作者：郑文光

设计理念：

1. 用黑色的拼图做背景分割出来的POP三个字母表现空间感的变化，一句"怎能少了你的参加"的文案更加强化了本创意，会让人有种简约而不简单的印象。

2. "激扬"的青春，舞动的旋律，豪放的水派潇洒体给校园"舞蹈活动"性质以最好的诠释。

3. 用剪贴的青春校园漫画可以更好地突出主题，标题字处理得很有味道。

4. 用三条线引出整个POP海报点评活动的时间、地点、事件，让整幅海报简洁灵动，诙谐的插图也点出了整个活动的关键词，在点线面的应用上恰到好处。

个性介绍

个性介绍是每个追求个性张扬自我的年轻人对自己信息的整理提炼，在名字、生肖、性别、爱好、星座、职业等方面进行全新的演绎。

美莉人生

发现生活中的美丽,
过一个Perfect Life

物种学名: 孙莉
所属科目: 国家重量级猫科动物
等级认证: 五星玲稀捕手
特征: 眼光独到,身手敏捷
特长: 捕捉创意

设计理念：水分子孙莉用"美莉人生"主标题表现自己的人生祈盼，自画像中手脚用猫爪表现，和自身的绰号小猫巧妙融合，火烧法的运用让整个作品形成鲜明的个性。

作者：孙莉

设计理念：以讲故事的方式，步步深入主题，插画的运用夸张而诙谐，将手绘POP的工具放大至与人相似，突出强调了手绘POP设计师鲜明的职业特点。

作者：泡泡李

作者：刘映彤

作者：张暴

设计理念：

1.标题运用了和作者名字有关的谐音，表达作者的个人理想和创作风格，插画中的侠女形象正是作者日常生活中给人的印象，真正做到了"画如其人"。

2.这一幅POP运用了特种纱艺和特殊材质，字母"P"是学习"POP"艺术的重要经历提炼。作者将她人生的每一个重要的经历以成长记录的方式和各种表情去体现，表达出人生的喜怒哀乐。

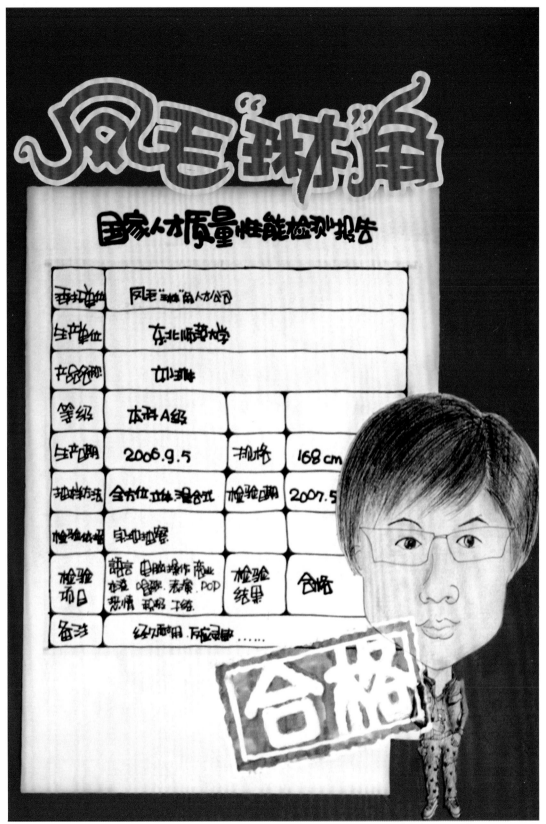

国家人才质量性能检测报告

委托单位	凤毛"麟"角人力公司		
生产单位	东北师范大学		
产品名称	女性精品		
等级	本科A级		
生产日期	2006.9.5	规格	168 cm
检测方法	全方位立体混合式	检验日期	2007.5
检验依据	实地考察		
检验项目	语言 电脑操作 商业 标准 唱歌 表演 POD 热情 积极 开朗	检验结果	合格
备注	经久耐用 反应灵敏 ……		

设计理念： 巧用谐音，突破表格，运用自画像表现自我，以人才检测报告的形式呈现出个人信息。　　　　作者：刘 琳　泡泡李

10年POP教学生涯，
终于明白
谁都可以成为POP设计师
游走在专业与业余设计之间，
不小心积累了点小品，
伴随学生在成长中的单纯
拿出来编成小书
或许会为爱好者
带来一点设计思路，
愿这种POP形式，
伴着我们的童心，
将水派人的快乐
传递给你！